AF339680

LE PASSE - TEMPS

DE TOUS LES AGES

DANS TOUTES LES CLASSES DE LA SOCIÉTÉ,

OU

RECUEIL DE CHARADES NOUVELLES

PAR

PH. LAVIER - DUVERNOIS,

Employé de Préfecture, en retraite.

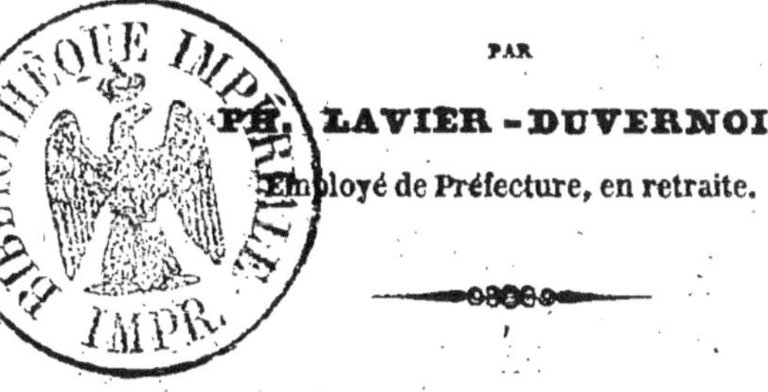

Ce petit Ouvrage, mis à la portée de toutes les intelligences, et qui ne contient que des sujets moraux et bienséants, offre aux pères et mères de famille l'avantage de procurer simultanément à leurs enfants une étude et une récréation. Ils feront bien d'accorder des primes à ceux d'entre eux qui parviendront à deviner les mots qui font l'objet des énigmes.

Les personnes de tout âge et de tout sexe qui savent lire y trouveront une distraction qui ne sera pas sans agrément.

SE VEND CHEZ L'AUTEUR,

35, rue de Buffon.

1858

PARIS,

TYPOGRAPHIE A. LEBON,
rue des Noyers, 8.

RECUEIL

DE

CHARADES NOUVELLES.

1.

Plus d'un ambitieux pratique mon premier ;
Mon second est un lieu commun à tout le monde ;
Si vous voulez bientôt deviner mon entier,
Consultez mon premier, c'est chez lui qu'il abonde.

2.

Mon premier, mon second ont même qualité,
Il n'est entre les deux aucune différence ;
De tout temps mon entier eut la propriété
De faire le plaisir et le dieu de l'enfance.

3.

Dans les pronoms latins vous trouvez mon premier ;
Mon second d'un malaise est le triste prélude ;
Devinez qui je suis : c'est toujours mon entier
Qui, dans l'arithmétique, offre le plus d'étude.

4.

De mon premier, souvent, un adroit cuisinier
Fait un mets peu coûteux qui flatte le convive ;
Et sur table trop tard vous sert-on mon entier,
Sans mon second jamais cette faute n'arrive.

5.

Mon premier de musique est un bel instrument ;
Mon second fait plaisir à qui la main l'accorde ;
Mon entier, sur un mur ou sur un bâtiment,
N'échappe pas aux yeux de celui qui l'aborde.

6.

Mon premier dans la ferme est chose nécessaire ;
En tous lieux mon second honore son auteur ;
Mon entier fut toujours un produit de la terre
Qui nuit au jardinier comme au cultivateur.

7.

A table mon premier est une impolitesse ;
Mon second fait mouvoir frégates et vaisseaux ;
Mon tout est un local où le bourgeois sans cesse,
Prend ses plaisirs d'été, dans les jours les plus beaux.

8.

Fréquentant mon premier l'homme expose ses jours ;
Evitant mon second il prolonge sa vie ;
Mon tout est peu commun, mais on le voit toujours.
Parmi les grands produits qu'enfante le génie.

9.

De mon premier dépend l'achat d'un amateur ;
L'homme sans mon second perdrait bientôt la vie ;
Si, quand vous vous trouvez dînant chez le traiteur,
Il manque mon entier, la table est mal servie.

10.

Quoique premier d'un tout j'ai très-petite taille ;
Je suis vide en repos et plein quand je travaille ;
Pour placer mon second je suis d'un grand appui ;
Evitez mon entier rien n'est pire que lui.

11.

Qui de mon premier joue avec trop de chaleur,
Et qui de mon second par excès fait usage,
Dupes de leur défaut ont souvent le malheur,
D'avoir pour résultat mon entier en partage.

12.

Dans un jeu bien connu vous trouvez mon premier ;
Pour avoir mon second le voyageur avide,
Doit faire un long trajet sur la plaine liquide,
Et, quand il l'a trouvé, pour lui, c'est mon entier.

13.

Pour posséder le nom que porte mon premier,
A l'homme mon second est chose nécessaire ;
Il doit également pratiquer mon entier
Ce qu'il fait aisément quand au sexe il sait plaire.

14.

Mon premier fut toujours le fait du courtisan ;
Mon second tôt ou tard conduit l'homme à la tombe,
Et s'il n'a mon entier l'honnête paysan,
En dépit du bon temps, s'appauvrit et succombe.

15.

Mon premier du chasseur appelle le gibier ;
Mon second est un jeu qui plait à la jeunesse ;
Jamais l'individu pour qui sert mon entier
Ne doit s'apercevoir du cahot qui le blesse.

16.

La femme aime à parer mon premier de bijoux ;
Mon second invisible est un moteur habile ;
Tandis qu'on voit le crime honni sous les verroux,
Dans mon tout la vertu triomphe sous la grille.

17.

Mon premier près des rois fut toujours difficile ;
Mon second chez la femme est par fois déguisé ;
Dans mon entier, souvent, le bras le plus habile
A pu voir, quelquefois, son courage épuisé.

18.

Un enfant en naissant est toujours mon premier,
Et mon second jamais n'étonne la jeunesse ;
Voyez le firmament, c'est là qu'est mon entier :
Dans cette voûte immense il promène sans cesse.

19.

Sur mon premier le glaive abat une victime ;
Serviteur près d'un prince ou près d'un potentat,
Mon second d'une reine est quelquefois l'intime ;
Mon entier est un reste on en fait peu d'état.

20.

De mon premier l'hiver l'homme fait son habit ;
De mon second partout l'animal fait son boire ;
De porter mon entier le soldat se fait gloire,
Et, quand il l'abandonne, il commet un délit.

21.

Pour avoir mon premier on fait une bassesse;
Mon second fut toujours un habitant des cieux;
Demandez mon entier, c'est un fruit d'une espèce
Que l'on ne trouve pas en tous temps en tous lieux.

22.

On trouve mon premier jusqu'au fond des tombeaux;
De mon second parfois le sage se défie;
Si dans l'espèce humaine on trouve des défauts,
Mon entier fut celui d'un homme sans génie.

23.

Le son de mon premier retentit dans les bois;
Quiconque est mon second le doit à la nature;
On a vu mon entier poursuivre bien des fois
Le faible passereau pour faire sa pâture.

24.

Dans un garde manger mon premier fait ravage;
Mon second, très-utile, est par fois désastreux.
Partout où mon entier exerce son passage
Le sol qui l'a subi ne s'en trouve que mieux.

25.

Mon premier, en hiver, a perdu sa fraîcheur,
Mais au printemps toujours vous la voyez revivre;
La honte fait changer mon second de couleur;
Vous lirez avant tout mon premier dans un livre.

26.

De mon premier les arts ont un pressant besoin;
Mon second ou vous plaît ou vous casse la tête;
Si d'avoir mon entier un gourmand n'a pas soin,
Pour faire un bon repas, sa table est incomplète.

27.

Mon premier d'un concert embellit les accords;
Mon second est un fruit qu'enfante la malice;
Pour trouver mon entier, faites quelques efforts :
Il est très-apparent sur plus d'un édifice.

28.

Mon premier des humains est le meilleur breuvage;
Mais s'il est mon second, il n'est pas de mon goût;
Dans les mets d'un hôtel et dans ceux du ménage,
Le cuisinier souvent a fait entrer mon tout.

29.

Quand on est mon premier par trop, c'est être bête,
Et mon second vous donne une autre qualité ;
En tous lieux en tous temps une jeune beauté
A fait de mon entier l'ornement de sa tête.

30.

De porter mon premier, riche, tu te fais gloire;
Si tu tends mon second au pauvre, à l'artisan,
C'est là qu'est ton mérite, et si tu veux me croire,
N'attends pas mon entier pour être bienfaisant.

31.

La tête qu'on déteste et celle qu'on adore
Au monde constamment dominent mon premier;
A porter mon second nul ne se déshonore;
L'or et l'argent toujours passent par mon entier.

32.

Souvent par mon premier un malfaiteur est pris;
Qui paraît mon second montre bonne apparence;
Un invité toujours a lieu d'être surpris
Quand il voit que pour lui mon entier fait absence.

33.

Mon premier est un jeu qui souvent vous entraîne ;
Mon second vient à bout du plus leste coursier ;
Heureux, en poursuivant l'intérêt qui vous mène,
Si vous avez pu voir réussir mon entier.

34.

Quand l'homme est mon premier il manque de courage ;
Mon second de la terre est un riche produit ;
Sans eau, sans feu, sans air l'exploitant le plus sage
De mon entier jamais ne peut cueillir le fruit.

35.

Mon premier des vaisseaux est le plus sûr asile ;
Mon second d'un gigot fait l'assaisonnement ;
Mon entier fut toujours l'œuvre d'un maître habile :
Il se fait remarquer sur plus d'un monument.

36.

Vous faites mon premier souvent pour peu de chose ;
Pour être mon second, fuyez l'homme pervers ;
Mon entier est un bien dont l'Éternel dispose :
Heureux qui peut le faire exempt de tout revers.

37.

Quand on suit mon premier, ce qu'on fait est bien fait ;
Chacun a mon second et vit en espérance ;
Pour avoir mon entier, l'homme le plus parfait,
Quand il veut réussir, agit en conséquence.

38.

Souvent, pour vos plaisirs vous faites mon premier ;
Quiconque est mon second est homme de mérite ;
Pour ne pas être dupe, il vous faut mon entier :
Sans lui vous payerez deux fois à la limite.

39.

Mon premier semble un droit, et chacun veut le sien;
Vous avez mon second, nul ne vous le conteste;
Quand on fait mon entier, si vous n'en avez rien,
A vos prétentions c'est un vol manifeste.

40.

D'utilité sur l'eau mon premier fait séjour;
Mon second bien souvent étonne la vieillesse;
De payer mon entier, la nuit comme le jour,
Pour passer la rivière un receveur vous presse.

41.

Combien d'ambitieux recherchent mon premier;
La fin de mon second quelquefois épouvante;
Beaucoup de gens sur terre ont peur de mon entier :
Au camp il fait rentrer le soldat dans sa tente.

42.

Dans mon premier toujours vous faites mon entier;
Vous passez mon second parfois dans l'allégresse,
Et surtout quand il est dans son premier quartier :
Vous devez profiter du temps de la jeunesse.

43.

Mon premier c'est mon tout; il n'a que quatre lettres :
Il maîtrisa toujours les peuples et les rois;
Il saura nous conduire auprès de nos ancêtres,
Et personne ne peut se soustraire à ses lois.

44.

Quiconque en mon premier travaille avec courage,
Voit couler mon second sans tumulte et sans bruit;
De ses maux mon entier souvent le dédommage;
Il est de son labeur le salaire et le fruit.

45.

Il entre en mon premier plus de pain dans un jour
Que le plus affamé dans un mois n'en consomme ;
Pour chanter, mon second dans la gamme a son tour ;
Mon entier est cité pour un être économe.

46.

Mon premier vous désigne une place précise ;
Mon second fut toujours un importun voisin ;
Le chant de mon entier, qui veut qu'on le méprise,
Vous est plus assommant que le réveil-matin.

47.

Au piquet mon premier fait compter onze points ;
L'ouvrier fait servir mon second dans la mine ;
De mon tout la morsure appelle tous les soins
Et les secours de l'art et de la médecine.

48.

L'auteur de mon premier est repris de justice ;
Mon second, quand il est dans son dernier quartier,
Aux pénibles travaux ne vous rend plus propice ;
Une jeune maîtresse est souvent mon entier.

49.

Pour avoir mon premier il vous faut peu d'argent :
On peut en faire un mets à votre convenance ;
Mon second en musique est d'un besoin urgent,
Et mon entier toujours fut l'ami de l'enfance.

50.

Plus bas que mon premier n'existe pas au monde ;
Mon second est un être à la verge soumis ;
En tous lieux mon entier chez le tanneur abonde ;
Celui qui le fournit est un de nos amis.

51.

Quand il est mon premier, un homme est sans vigueur;
Mon second en musique est un terme en usage;
Ne traitez pas mon tout avec trop de rigueur,
Il est de la bonté la plus fidèle image.

52.

Mon premier en grammaire est une particule;
Chacun de mon second appréhende la fin;
Que le vaisseau sur mer ou s'avance ou recule,
Dans mon entier toujours il trouve son chemin.

53.

Dans deux jeux différents vous trouvez mon premier;
Qui fait bien mon second est un acteur agile;
Et votre œil attentif observe en mon entier
Qui de deux agresseurs sera le plus habile.

54.

Mon premier est parfois utile à la maison;
En tout temps au moulin il fut très-nécessaire;
Des oiseaux mon second fut toujours la prison;
Le meunier dans mon tout sait trouver son affaire.

55.

Malheur à qui le sens de mon premier s'applique;
En France mon second nomme un département;
Mon entier, dans les arts, est une mécanique
Qui chez le chapelier s'emploie utilement.

56.

La femme rarement sait garder mon premier;
Mon second fut toujours utile au géomètre;
Un préfet comme un maire ont chez eux mon entier,
Et celui-ci souvent en fait plus que le maître.

57.

Un vieux proverbe dit que quand mon premier tombe,
Au crochet les humains doivent mettre la dent ;
A mon second toujours un animal succombe ;
Aux chevaux mon entier est d'un besoin urgent.

58.

Dès que dans mon premier l'homme est devenu maître,
Il peut, s'il le veut bien, se faire un heureux sort ;
Dans le calendrier mon second doit paraître ;
Offenser mon entier, c'est se donner la mort.

59.

De certains animaux qui portent mon premier,
L'intrigant montagnard retire un bénéfice ;
Et si mon second manque, on verra mon entier
Ne plus être en état de faire son service.

60.

Sur le sommet d'un arbre on fixe mon premier ;
Mon second vous nourrit et jamais ne vous quitte ;
Dans les antiquités vous trouvez mon entier,
Il était autrefois l'arme du satellite.

61.

A de certains vaisseaux mon premier donne un nom ;
Mon second au baigneur est un objet utile ;
Au sexe mon entier donne bonne façon,
Surtout pour la coquette il est de mode en ville.

62.

De mon premier l'artiste embellit un parterre ;
Mon second à l'oreille est parfois importun ;
Mon entier, qui divise et garantit la terre,
Peut servir de limite à la part de chacun.

63.

On voit sur vos habits figurer mon premier;
Pour être mon second il faut savoir bien lire;
Parmi d'honnêtes gens on choisit mon entier,
Et souvent ne l'est pas celui qui le désire.

64.

Ne parlons plus de vin quand il est mon premier;
Qui ressent mon second ne peut être tranquille,
Sans chercher bien longtemps vous trouvez mon entier
Pour peu que vous lisiez ou Racine ou Virgile.

65.

Mon premier sans baptême a reçu douze noms;
Mon second n'en a qu'un, mais il nomme deux choses;
Et quand de mon entier les résultats sont bons,
Le fermier, de sa peine, a vu naître des roses.

66.

Mon premier en tous lieux du chef est le support;
Mon second est connu pour un mal incurable;
A l'homme mon entier tient lieu de passeport
Pour trouver dans la vie un bien-être durable.

67.

Mon premier, tout enclin à la scélératesse,
En passant mon second donne dans le travers;
Dans un âge avancé comme dans sa jeunesse,
Souvent en mon entier il trouve des revers.

68.

De mon premier souvent la flatteuse harmonie
Procure à mon second un doux délassement;
Sous mon entier parfois une taille jolie
Mérite à qui le porte un juste compliment.

69.

Mon premier bien souvent sans réflexion passe
La fleur de mon second dans le débordement ;
Et c'est dans mon entier qu'il trouve, quoiqu'il fasse,
Le fruit de sa conduite et le désagrément.

70.

Mon premier fait connaître un cœur peu satisfait ;
L'odeur de mon second détourne une embrassade ;
Quelque part mon entier a toujours été fait
Pour le bien d'un service et jamais pour parade.

71.

Mon premier du soldat est la faible ressource,
On sait que mon second ne lui fait pas défaut ;
Et vous, si vous voulez ménager votre bourse,
Pour vivre, mon entier n'est pas ce qu'il vous faut.

72.

Mon premier saura voir la fin de votre corps,
Tandis que mon second donne et soutient la vie ;
Et qui de mon entier éprouve les transports,
Est sujet à donner des marques de folie.

73.

Ne fais à mon premier, surtout quand il te flatte,
Pas plus qu'à mon second un ivrogne ne fait ;
Qui possède mon tout où la fortune éclate,
Quelque riche qu'il soit n'est jamais satisfait.

74.

Vous trouvez mon premier chez le cultivateur ;
Quand on est mon second des méchants on endure ;
Si mon entier jamais ne vous noircit le cœur,
Il pourra tout au moins vous noircir la figure.

75.

Pour trouver mon premier il faut être en campagne ;
C'est là que mon second voltige et fait du bruit ;
Au besoin de mon tout l'individu réduit,
N'a pas tous les plaisirs du pays de cocagne.

76.

Ne vous laissez jamais tomber sur mon premier,
Quand mon second bientôt vous désirez atteindre,
Et si dans votre emploi vous faites mon entier,
Vous seul de cet échec avez droit de vous plaindre.

77.

Si mon premier chez vous se trouve en abondance,
Achetez mon second doublez-en vos habits ;
Mais dans le potager si mon tout fait la danse,
Vous pourrez voir bientôt la fin de vos louis.

78.

Quand il est mon premier, le meilleur vin du monde,
Pas plus que mon second, ne cache son défaut ;
En été vous voyez ou la brune ou la blonde,
Mon entier à la main, surtout quand il fait chaud.

79.

Si l'homme en son gousset n'a jamais mon premier,
Vous ne lui verrez pas mon second sur la bouche,
Et si dans ses tiroirs il n'a pas du papier,
Il ne peut avoir peur que mon entier y touche.

80.

Mon premier dit qu'un roi n'est plus ce qu'il était ;
Vous voyez mon second figurer sur la scène ;
Et mon entier jamais ne parait satisfait
Quand avec sa recette il n'a pas une étrenne.

81.

Mon premier fait plaisir à qui l'a dans la poche,
Tandis que mon second est une affliction ;
S'il est dans mon entier quelque chose qui cloche,
On doit à son auteur une punition.

82.

Un maladroit buveur est bientôt mon premier ;
Il lui faut mon second pour le mettre au régime ;
L'écolier studieux qui fait bien mon entier,
Est digne de louange et mérite une prime.

83.

Si mon premier souvent peut vous flatter l'oreille,
Rarement mon second vous flattera le nez ;
Ayez de mon entier une pleine corbeille,
Pour faire des bijoux vous en aurez assez.

84.

Du soldat mon premier est le meilleur ami,
Et souvent mon second lui vaut la discipline ;
Qui porte mon entier n'est pas fier à demi ;
Il regarde en marchant si quelqu'un l'examine.

85.

Mon premier du lapin est le met favori ;
On sait que mon second d'un long temps se compose ;
Mon entier a toujours combattu pour Henri,
Il exposa sa vie à soutenir sa cause.

86.

En tous temps mon premier a reconnu son maître ;
A montrer mon second s'il est par fois actif,
A qui lui fait accueil il est rarement traître ;
De mon entier toujours il fait son purgatif.

87.

Sept fois un bon buveur doit vider mon premier ;
En cueillant mon second prenez garde à l'épine ;
Et dites bien à qui se sert de mon entier
Qu'il est bon qu'avec lui jamais on ne badine.

88.

A la beauté souvent vous faites mon premier,
Surtout quand mon second a pu vous le permettre ;
Et pour être en faveur invoquez mon entier,
Si de son cœur un jour vous voulez être maître.

89.

Tous les jours le public entre dans mon premier ;
Mon second des héros jadis chanta la gloire ;
Des Romains combattant armés de mon entier,
On l'entendit aussi célébrer la victoire.

90.

On voudrait que le mal fut toujours mon premier,
Et passer mon second, en plaisirs, en délices ;
Qui sait adroitement pratiquer mon entier,
Trouve dans son travail d'importants bénéfices.

91.

On a vu mon premier souvent devenir maître,
En France mon second a pu le recevoir ;
S'il veut dans mon entier rencontrer le bien–être,
Il doit s'y maintenir et faire son devoir.

92.

Dans mon premier toujours le balai trouve place ;
Dans mon second sans cesse on trouve des trésors ;
Dans mon entier jamais le voyageur ne passe,
A moins que de la mer il n'ait franchi les bords.

93.

De mon premier on fait un excellent potage ;
N'entrez dans mon second qu'autant qu'il vous convient ;
Mon entier fut toujours un oiseau de passage,
Qu'on trouve dans les bois où sans cesse il se tient.

94.

De mon premier sans cesse un chasseur a besoin ;
Mon second du vieillard occupe la pensée ;
D'arrêter mon entier si vous n'avez pas soin,
Votre civilité peut en être offensée.

95.

Redingotes, gilets, paletots et chemises,
Sont différents objets qui portent mon premier ;
De mon second toujours les valeurs sont soumises
Aux dispositions que prescrit mon entier.

96.

Pour avoir mon premier un homme de commerce,
Parmi d'honnêtes gens, a besoin de choisir ;
Sitôt que la vigueur de mon deuxième cesse,
L'ouvrier dans mon tout, ne met plus son loisir.

97.

Souvent un bon avis rencontre mon premier ;
Le chirurgien parfois de mon second dispose ;
Il est tant de moyens de faire mon entier,
Qu'en ce monde chacun le fait en toute chose.

98.

De mon premier souvent l'artiste fait usage ;
Est toujours mon second qui fait bien son devoir ;
S'il connaît mon entier, pour faire son ouvrage,
L'ouvrier dans son art fait preuve de savoir.

99.

Mon premier quand on veut d'un voisin vous sépare ;
Mon second fait sur mer ce que font les vaisseaux ;
Mon entier fut toujours l'œuvre que l'on prépare
Pour la division d'un logis en morceaux.

100.

Trop fréquemment au monde on trouve mon premier ;
Mon second à peuprès se lit sur le visage ;
On sait bien que partout l'effet de mon entier
Est de troubler l'honneur et la paix du ménage.

TABLE

INDIQUANT, PAR ORDRE DE NUMÉROS,

LES MOTS DES CHARADES

et leur division.

—

Nᵒˢ	MOTS.	DIVISION.	
		1ʳᵉ	2ᵉ
1	Banqueroute.	Banque	Route.
2	Bonbon.	Bon	Bon.
3	Problème.	Pro	Blème.
4	Moutarde.	Mou	Tarde.
5	Cordon.	Cor	Don.
6	Chardon.	Char	Don.
7	Rotonde.	Rot	Onde.
8	Merveille.	Mer	Veille.
9	Couteau.	Coût	Eau.
10	Détresse.	Dé	Tresse.
11	Déboire.	Dé	Boire.
12	Asile.	As	Ile.
13	Mariage.	Mari	Age.
14	Courage.	Cour	Age.
15	Corbillard.	Cor	Billard.
16	Couvent.	Cou	Vent.
17	Abordage.	Abord	Age.
18	Nuage.	Nu	Age.
19	Étoupage.	Étou	Page.
20	Drapeau.	Drap	Eau.

Nᵒˢ	MOTS.	DIVISION.	
		1ʳᵉ	2ᵉ
21	Orange.	Or	Ange.
22	Ostentation.	Os	Tentation.
23	Corbeau.	Cor	Beau.
24	Rateau.	Rat	Eau.
25	Préface.	Pré	Face.
26	Boisson.	Bois	Son.
27	Corniche.	Cor	Niche.
28	Vinaigre.	Vin	Aigre.
29	Bonnet.	Bon	Net.
30	Demain.	De	Main.
31	Coupelle.	Cou	Pelle.
32	Couvert.	Cou	Vert.
33	Démarche.	Dé	Marche.
34	Moulin.	Mou	Lin.
35	Portail.	Port	Ail.
36	Passage.	Pas	Sage.
37	Patronage.	Patron	Age.
38	Passavant.	Pas	Savant.
39	Partage.	Part	Age.
40	Pontonage.	Ponton	Age.
41	Orage.	Or	Age.
42	Potage.	Pot	Age.
43	Mort.	»	»
44	Jardinage.	Jardin	Age.
45	Fourmi.	Four	Mi.
46	Cigale.	Ci	Gale.
47	Aspic.	As	Pic.
48	Volage.	Vol	Age.
49	Mouton.	Mou	Ton.

Nᵒˢ	MOTS.	DIVISION.	
		1ʳᵉ	2ᵉ
50	Basane.	Bas	Ane.
51	Mouton.	Mou	Ton.
52	Parage.	Par	Age.
53	Assaut.	As	Saut.
54	Saccage.	Sac	Cage.
55	Fouloire.	Fou	Loire.
56	Secrétaire.	Secret	Aire.
57	Fourrage.	Four	Rage.
58	Artère.	Art	Ère.
59	Bateau.	Bat	Eau.
60	Cimeterre.	Cime	Terre.
61	Bottine.	Bot	Tine.
62	Buisson.	Buis	Son.
63	Collecteur.	Col	Lecteur.
64	Bucoliques.	Bu	Coliques.
65	Moisson.	Mois	Son.
66	Courage.	Cou	Rage.
67	Brigandage.	Brigand	Age.
68	Corsage.	Cor	Sage.
69	Libertinage.	Libertin	Age.
70	Soupirail.	Soupir	Ail.
71	Massepain.	Masse	Pain.
72	Vertige.	Ver	Tige.
73	Château.	Chat	Eau.
74	Charbon.	Char	Bon.
75	Charpie.	Char	Pie.
76	Culbutte.	Cul	Butte.
77	Écumoire.	Écu	Moire.
78	Éventail.	Évent	Ail.

N^{os}	MOTS.	DIVISION.	
		1re	2^e
79	Souris.	Sou	Ris.
80	Exacteur.	Ex	Acteur.
81	Écurage.	Écu	Rage.
82	Rondeau.	Rond	Eau.
83	Corail.	Cor	Ail.
84	Sabretache.	Sabre	Tache.
85	Chouan.	Chou	An.
86	Chiendent.	Chien	Dent.
87	Couperose.	Coupe	Rose.
88	Courage.	Cour	Age.
89	Hallebarde.	Halle	Barde.
90	Courtage.	Court	Age.
91	Commission.	Commis	Sion.
92	Angleterre.	Angle	Terre.
93	Choucas.	Chou	Cas.
94	Clabaudage.	Clabaud	Age.
95	Collocation.	Col	Location.
96	Compagnonage.	Compagnon	Age.
97	Contrebande.	Contre	Bande.
98	Compassage.	Compas	Sage.
99	Cloisonnage.	Cloison	Nage.
100	Bavardage.	Bavard	Age.

Paris. — Typographie A. LEBON, rue des Noyers, 8.